AF586133

MONSIEUR CUPI

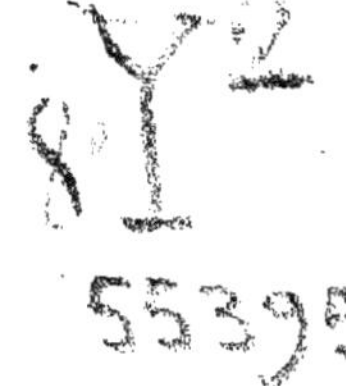

B

Maurice BERNHARDT

MONSIEUR CUPI

UNE IDÉE GÉNIALE — UN ACCIDENT — L'APPAT
CALAMITY JANE — LE JOCKEY A L'HOPITAL
LA RENTE VIAGÈRE — UN CROYANT — LE BON APOTRE
LE HENNISSEMENT

PARIS
Société d'Édition et de Publications
Librairie FÉLIX JUVEN
122, rue Réaumur, 122

MONSIEUR CUPI

C'était à New-York, au « Home-Club », dans la 24e rue, dans ce quartier très central, bien situé pour un cercle, même français, non loin de Broadway, d'Hoffman-house dont le bar célèbre attire les curieux et beaucoup de quakers qui, sous prétexte de boire un cocktail ou un « pick me up » contemplent d'un œil sévère, mais brillant, les belles nudités et les folles danses des *Bacchantes* de Bouguereau. Car c'est ici qu'est le célèbre tableau du maître. Sa vue n'en est que plus reposante, alors qu'on vient se mettre à l'abri des cabs, des cars, des chemins de fer élevés qui semblent vous rouler sur le crâne, des ascenseurs vertigineux et des petits tramways d'appartement qui traversent les longs couloirs des douze étages des maisons de la cité, — alors qu'on vient, méthodiquement, se griser.

Il était dix heures du soir. Les joueurs de poker se bluffaient mutuellement depuis une heure et demie. Les tables étaient indifféremment cerclées de joueurs attentifs et rapaces. Mais une table fixait particulièrement l'attention par la composition de ses joueurs, ou plutôt par leur décomposition : là, pas un homme qui ne fût septuagénaire au moins, et, parmi eux, médusant le regard, était assis l'être certainement le plus laid du monde. Il était laid, d'une laideur folle, inimaginable, d'une laideur qu'Edgard Poë seul aurait pu créer dans une heure de hantise. La seule chose définissable de cette face était un nez qui attestait l'origine israélite, un nez qui semblait de baudruche rouge, de baudruche mal gonflée, un nez triste comme les choses inachevées et tombantes. Les yeux étaient deux boursouflures rouges, fendues ; ils avaient l'aspect d'anthrax en voie de guérison. Ce monstre était chauve. Mais sur la peau dévêtue de sa tête poussaient pas mal de loupes, bourgeons et même, par une amère dérision, des grains de beauté. La bouche s'ouvrait entre deux morceaux de chair violette qui apparaissaient au milieu des poils, et qui, au besoin, pouvaient s'appeler lèvres. Des poils, gris, noirs, blancs, jaunes et même un peu verts, lui couvraient la plus grande partie de la face. On voyait rarement son regard, c'était de temps en temps une petite lueur rouge qui s'échappait de la fente des paupières. On devinait un réel petit œil de sanglier, toujours congestionné. Malgré cela, l'éclair furtif était plein de vie. Ce monstre était fort intelligent. Il riait volontiers de sa laideur et décontenançait les railleurs par des réparties parfois spirituelles... Il était riche, à la tête d'une maison de drap de la City. Comme il était peu communicatif, c'était à peu près tout ce que l'on savait de lui. Mais il valait, depuis des années, une belle somme de dollars, et son taux lui servait amplement de parrain dans la vie.

Le jeu était peut-être sa seule passion ; il gagnait souvent, bien servi par son imperturbable sang-froid. Un des anciens habitués du club, farceur et ferré en mythologie, l'avait surnommé Cupi..., un abréviatif du petit dieu de l'amour ; et, sans aucun doute, il était plus connu sous ce surnom que par son nom même.

Personne, d'ailleurs, n'avait ri autant que lui-même. Hautement, il avait déclaré la plaisanterie charmante et du meilleur goût. Instantanément, il avait prié le gérant des jeux de l'appeler dorénavant M. Cupi, lorsque son tour de rentrer viendrait ; il déclara même ne plus répondre désormais qu'à ce joli surnom, ce qui gêna considérablement les personnes timides que sa laideur terrifiait.

Ce soir-là, un de ses habituels partenaires, le vieux et gros Pirzel, était d'humeur joyeuse et tapageuse. Il avait bien dîné et facilitait sa digestion par de nombreux wisky and soda. La veine, en outre, était pour lui. Aussi, faisait-il des plaisanteries de cent kilos, dont il riait si vite et si bruyamment, qu'il ne pouvait se rendre compte si les autres en faisaient autant que lui. Et il continuait à ramasser des jetons. La partie finissait.

— Cupi, dit tout à coup Pirzel, en enlevant sa visière verte (car tous les vieux joueurs s'abritaient la vue derrière une visière en carton vert, retenue par un caoutchouc autour de la tête), Cupi, dit-il, je vous fais un pari.

— Lequel ? grommela Cupi.

— Je vous parie ces mille dollars que je viens de gagner, que, d'ici à demain une heure, chez Delmonico, vous ne pourrez pas trouver un homme plus laid que vous. Ça va-t-il ?

Cupi ne broncha pas sous les regards curieux. La visière verte baissée sur son nez rouge, il demanda sournoisement :

— Le perdant paiera-t-il le déjeuner aussi ?

— Oui, aussi ; six couverts, comme nous sommes, et la majorité jugera.

Cupi souleva sa visière du même geste avec lequel les anciens chevaliers devaient relever celle de leur casque. Il jeta un rapide coup d'œil sur les mille dollars, puis regarda Pirzel, et lui dit tranquillement :

— Je tiens.

Le lendemain, assis à une table du restaurant, les quatre juges et Pirzel attendaient. D'autres personnes, dont j'étais, avaient voulu assister à ce match de laideur. Et, ma foi, l'attente n'était pas sans émotion. Cupi trouverait-il un homme aussi laid que lui ? Pour avoir accepté le pari, peut-être en connaissait-il un, ignoré ?... Mille conjectures s'offraient. Une heure allait tinter, lorsque la porte s'ouvrit et Cupi parut.

Nous nous levâmes, stupéfaits.

Derrière Cupi, une horreur apparaissait. C'était un long jeune homme complètement imberbe. Tous ses traits se contractaient naturellement. Pas de cils ni de sourcils ; au milieu de son facies vert, bilieux, un nez tout petit et blanc, de ce blanc livide qu'ont certains visages brûlés par accident. Non, jamais je n'oublierai ce nez mort... Quant à la bouche, le malheureux était né bec-de-lièvre.

Cupi le fit avancer avec le geste préparatoire d'une présentation en règle.

— Pirzel, dit-il gravement, je vous présente mon fils !

Pirzel, le premier, rompit le silence gêné qui s'était établi.

— Enchanté, enchanté, balbutia-t-il.

Et il échangea un shake-hand avec le bec-de-lièvre. Puis, reprenant son sang-froid :

— Cupi, vous avez gagné. Voici les mille dollars. Asseyons-nous, messieurs. Maître d'hôtel ! le menu !

En rentrant chez moi, le long de Broadway, une pensée m'obsédait : quelle femme pouvait être la mère du bec-de-lièvre?... Mais surtout, oh! surtout, quelle femme pouvait être l'épouse, l'épouse qui partageait la couche de Cupi?

D'horribles tableaux me hantaient jusqu'à l'obsession...

J'eus une idée de génie.

Je rentrai tout droit au bar d'Hoffman-house et me mis à contempler avec avidité, les belles *Bacchantes* de M. Bouguereau...

New-York, 1893.

UNE IDÉE GÉNIALE

M. Doruart, riche industriel, n'avait véritablement qu'un défaut, — ses autres imperfections étant celles de tout le monde : il était infaillible, mais infaillible en tout.

Or, si l'incontestable, la certitude, étaient son domaine, spécialement en matière de sport, il se piquait d'une déconcertante habileté. C'était, à l'entendre, le meilleur fusil, le plus sûr pistolet, la plus fine épée... Je ne parle pas de la boxe qui lui avait donné ses plus grands succès, ni de l'équitation. Ses prouesses hippiques étaient épiques... A la vérité, cela se passait toujours dans une contrée américaine, lointaine, parfois même nébuleuse, tant les noms qu'il citait étaient étranges, inconnus et barbares.

Célibataire, riche, vaniteux et avare, c'était ce qu'on est convenu d'appeler un excellent homme.

Aussi, ce brave garçon aimait-il à s'entourer d'une petite cour choisie par lui et qui se composait de trois ou quatre de ces hommes doués d'une réelle intelligence, d'un flair inouï, et qui ont choisi comme métier celui de vivre aux dépens des autres. Gens dont le passé est toujours totalement inconnu à qui que ce soit, qui apparaissent subitement dans l'existence parisienne comme ces diables qui sortent d'une boîte, et qui disparaissent de même, brusquement. Seulement, le couvercle de la boîte qui se referme n'est souvent que la porte d'une prison.

Inutile d'ajouter que parmi ces pique-assiettes, il y avait l'indispensable personnage titré, le baron authentique qui aurait pu porter : de gueule ouverte sur une table ronde...

Toutefois, le métier de parasite avait du bon et du mauvais avec le Mécène sportif;

du bon, par la qualité des repas et des beuveries choisies ; du mauvais, par la difficulté avec laquelle M. Doruart laissait s'échapper les louis d'or, voire même les pièces de cinq francs... Encore, accompagnait-il toujours ses légers dons de commentaires plus ou moins blessants, ce qui faisait dire au baron « que vraiment ce roturier ne se décrasserait jamais ».

Un jour, deux fidèles, dégoûtés de ne pouvoir soutirer la forte somme, se résolurent à quitter ce pauvre M. Doruart.

Mais les deux copains avaient bien réfléchi avant que de prendre cette mesure catégorique.

Tous les parasites sont frères, et dans cette vaste association on se passe volontiers la main.

Nos deux amis en causaient donc un soir dans un de ces clubs de pique-assiettes qui ont leurs assises légales dans plusieurs cafés des grands boulevards. Ils racontaient combien il y avait peu à faire avec leur client, et que, vraiment, ils étaient obligés de le lâcher.

Il y avait là le gros Bell, Anglais d'origine, disait-on, et son inséparable, un Italien, le chevalier d'Arnetti. Deux personnalités qui jouissaient d'une grande notoriété pour leur adresse en toutes choses.

— Présentez-nous à Doruart, d'Arnetti et moi, comme deux excellents fusils, dit le gros Bell aux deux découragés, et vous verrez si, en moins de trois mois, je ne l'arrange pas de la belle manière... Vous aurez vingt-cinq pour cent, ça va-t-il ?

— Affaire conclue ! fut la réponse.

Et quinze jours plus tard, par des combinaisons savantes dont seuls ces gens-là ont le secret, Bell et d'Arnetti étaient les deux inséparables de Doruart.

— C'est un vaniteux, nous l'aurons aisément par ce défaut-là, confiait Bell à son associé à l'heure des confidences. Nous allons bientôt partir en villégiature ; nous sommes invités à ses chasses. C'est là qu'il faudra frapper un seul coup, mais un sérieux !

— Je m'en rapporte à toi, répondait immanquablement d'Arnetti en lissant sa petite moustache noir-corbeau, de ses doigts effilés et inquiétants.

Les chasses vinrent.

Certain soir, le châtelain Doruart était d'excellente humeur : les battues avaient bien marché ; aucun des rabatteurs ne s'était fait stupidement descendre, sous bois, au jugé, aucun d'eux n'était tombé sous les coups de ceux dont ce n'est jamais la faute, et qui, cependant, ont seuls des fusils dans les mains.

Enfin la journée de chasse, magnifiquement réussie, se couronnait d'un tableau final digne des honneurs d'un compte rendu au *Gaulois*.

D'un avis général, les plus beaux coups revenaient à Doruart. Ses convives ne se lassaient point de lever leurs verres en son honneur, et de crier : « Vive le Roi ! », tandis que d'Arnetti, avec son sourire le plus sucré, ne cessait de le complimenter sur ses prouesses, cependant qu'en même temps son pied heurtait celui de Bell. Parfois même, le chevalier lançait au gros Anglais un regard de ses yeux fuyants et gouailleurs; mêmes yeux et même regard qu'ont les lazzaroni de Naples, alors qu'ils vous offrent d'être présenté à leur sœur, ou à une religieuse d'un ordre supérieur.

Le repas prit fin.

On passa dans une salle où étaient prêtes deux tables à jeu. Cette salle s'ouvrait sur un large perron dont les quelques marches descendaient au jardin. Sur le perron, le café était servi; sous le feu des lampes à abat-jour roses, les plateaux de liqueurs scintillaient, attiraient les invités.

On était aux premiers jours d'octobre, à un de ses jours où l'été semble mourir lentement et exhale mélancoliquement sa vie.

— Quelle douce soirée! dit Bell, s'adressant à Doruart; fumons un de vos bons cigares en faisant les cent pas, voulez-vous, avant d'attaquer le bridge?... Ah! sapristi! je croyais y être de première force, mais pas moyen de vous gagner : nous sommes égaux.

— Oh! répliqua le châtelain en descendant les premières marches, vous avez plus de veine que moi; mais, à chances égales, je dois vous battre facilement; vous jouez bien, mais vous n'avez pas tout à fait assez de tête.

— C'est plutôt la mémoire qui me fait défaut, répliqua Bell avec un imperceptible sourire. Mais, vous, vous êtes tout simplement épatant : quand vous avez vu passer une carte, elle reste fixée dans votre mémoire... C'est extraordinaire!

Doruart, de la main, esquissa un geste plein de suffisance.

— Oh! c'est peu de chose, peu de chose, affaire de volonté...

Les deux hommes se promenaient en rond

autour d'une large plate-bande, repassaient devant le perron d'où d'Arnetti, savourant son havane, avait l'air de contempler tour à tour la nuit claire et constellée, les cimes encore distinctes des grands arbres du parc, et la buée qui, légère et semblable à la fumée de son cigare, s'élevait des pelouses.

Autour du chevalier, sur le perron, les autres convives, confortablement installés, prenaient des liqueurs et mettaient, sournoisement, quelques cigares dans leurs poches. C'est à peine s'ils remarquèrent que d'Arnetti s'était un instant arraché à sa contemplation pour rentrer dans la salle de jeu. Au reste, il n'y était resté que quelques minutes...

Doruart et Bell continuaient à faire manège autour de la plate-bande, et, certes, personne ne vit le signe minuscule que fit Bell à d'Arnetti, revenu prendre sa place. L'autre abaissa seulement les paupières sur ses yeux luisants, ayant l'air de répondre : « C'est fait ! »

Une fois encore le tour du massif, et Bell se baissait dans l'ombre et ramassait une chose claire.

— Tiens, remarqua Doruart, une carte à jouer, un as de pique.

— Oui, répondit Bell, et une carte toute neuve.

— Le courant d'air l'aura portée jusqu'ici. Mais, rentrons, il commence à faire frisquet; nous verrons bien de quel jeu neuf elle s'est envolée.

— Oh ! inutile de la rapporter, fit Bell en rejetant la carte, elle est toute souillée par la rosée.

— Qu'est-ce que c'est ? questionna d'Arnetti qui avait dégringolé vivement les marches pour venir voir, et se penchait.

— Rien, rien, répliqua Doruart, une carte perdue. Rentrons.

Les deux hommes gagnèrent la salle de jeu, d'Arnetti les suivait.

Bell s'installa à une table et attaqua de suite l'invincible.

— Mon hôte, je me sens en veine. En attendant que les autres finissent leurs cigares, je vous fais un écarté pour voir si vous y êtes aussi ferré qu'au bridge.

— J'accepte, mon pauvre Bell...

Et Doruart s'assit en face de lui.

D'Arnetti, qui avait pris un jeu, comptait les cartes d'un air indifférent; soudain, il s'arrêta :

— Tiens, voilà un jeu neuf qui n'est pas complet... Il en manque une.

— Comment cela se fait-il? questionna Doruart. Laquelle manque?

— L'as de pique, répondit l'Italien en les triant.

— Tiens, fit Bell.

— Ah! j'y suis! s'écria Doruart, c'est la carte, vous savez bien, celle que nous avons trouvée dans le jardin à l'instant.

— Ah! oui, dit Bell.

Puis, comme réfléchissant :

— Mais, mais, ce n'était pas l'as de pique...

Le châtelain se récria.

— Ah ! ah ! ah ! elle est bien bonne celle-là, par exemple ! Mais, alors, laquelle était-ce ?

Et il se prit à rire aux éclats.

Bell parut réfléchir ; puis, brusquement, déclara :

— Mais oui, riez si vous voulez : c'était l'as de cœur.

— Bell, vous êtes fou !... Je vous parie cinquante louis...

Bell se piqua.

— Je ne suis pas plus fou que vous.

— Alors vous n'y voyez pas. Et je mets comme enjeu n'importe quelle somme... Vous savez bien que ça ne vous réussit pas de parier avec moi, jeta simplement Doruart, qui continuait son rire agaçant.

L'Anglais semblait résolu à tenir ferme :

— Ah ! vous vous croyez infaillible, mais cette fois, comme beaucoup d'autres, vous avez eu la berlue.

— La berlue, la berlue, et quand ça, s'il

vous plaît ? répliqua Doruart qui, à son tour, s'échauffait.

— Tenez, poursuivit-il, pour vous donner une leçon, je vous parie cinq cents louis que c'est l'as de pique qui est là-bas.

— Je n'ai pas besoin de vos leçons, professeur ! et la nuit vous y voyez noir quand c'est rouge. C'est ridicule de ne pas avouer que vous êtes myope.

— Myope, Bell, et depuis quand ? Si je suis myope, vous êtes aveugle, vous ! et je vous parie mille louis, et vous perdrez, car vous n'êtes pas de force avec moi, en rien !

— Nom d'un chien ! dit Bell en se levant, très monté. Mille noms d'un chien ! Tenez, je ne suis pas riche comme vous, moi, ni aussi arrogant, mais j'ai tout mon bon sens, moi. Tenez...

Et il tira un carnet de chèques de sa poche :

D'Arnetti crut devoir intervenir.

— Je vous en prie, Bell, supplia-t-il, je

vous en prie, ser ami, vous êtes essité et je crois que vous vous trompez !

— De quoi vous mêlez-vous ? interrompit brusquement Doruart ; il perdra une fois de plus et voilà tout !

D'Arnetti leva les bras au ciel comme impuissant devant la folle équipée de son ami. Bell se précipita sur une table-bureau, signa nerveusement un chèque, puis appela vivement sur la terrasse :

— Messieurs ! messieurs !

Les invités accoururent et entourèrent les trois hommes.

— Messieurs ! messieurs, cria-t-il, je parie cinquante mille francs à Doruart qu'une carte que nous avons trouvée, là-bas, dans l'herbe, et qui doit y être encore, est l'as de cœur. Or, il prétend avec entêtement que c'est l'as de pique. Je remets le chèque à d'Arnetti. Qu'il en fasse autant, s'il l'ose, ce pédant !

— Ser ami, vous allez perdre ! lamenta d'Arnetti.

Mais Doruart s'exclamait à son tour.

— Pédant !... pédant !... Ah ! mon petit Bell, vous l'aurez voulu !...

Et, non sans trembler de colère, il saisit son portefeuille, en tira un chèque vierge, le signa pour cinquante mille francs et le confia à d'Arnetti, qui le prit avec un soupir de pitié pour tant de folie.

— Mais vous avez gagné, sûr, dit-il à Doruart ; je l'ai vu, je crois, aussi.

— Ce sera une leçon pour votre ami !... Allons, messieurs, allons tous ensemble au jardin, l'un de vous ramassera la carte qui est l'as de pique ! hurla-t-il.

— Non ! vous-même ramasserez la carte qui est l'as de cœur ! rugit Bell.

Quand ils arrivèrent au jardin, suivis d'un domestique qui portait une lanterne, les invités entouraient la petite tache claire dans l'herbe. Personne n'y avait osé toucher. Sur un signe du maître, la lumière se baissa : l'on vit le dos rosé et mouillé du petit carton. La lanterne éclaira la grosse main pleine de bagues de Doruart. La main trembla un peu, puis saisit la carte et la retourna brusquement. Sous les rayons vacillants du falot, un as de cœur apparut, éclatant. D'Arnetti remit silencieusement les deux chèques à Bell.

— J'ai trop bu à dîner, conclut Doruart, esquissant un sourire douteux.

— Probable! répondit sèchement Bell, subitement très calme.

Le lendemain matin, les deux hommes de génie prenaient le train pour Paris.

Doruart ne les accompagnait pas à la gare.

Lyons-la-Forêt, 1900.

UN ACCIDENT

Dans la nuit, le train, lourd et long, roulait pesamment par la tristesse des immensités sablonneuses. La machine géante s'essoufflait à le remorquer vers une basse maison, là-bas, qui s'accotait à la voie, après des courbes.

Un roulement monotone enveloppait le convoi, pétrole dans les wagons-citernes d'avant, bœufs dans les fourgons d'arrière.

Près du tender, voilà qu'une lueur brille, puis disparaît.

Est-ce un signal ?

Non. La lueur est devenue flamme, et, presque dans le même temps, gerbe de feu.

C'est l'incendie.

Sur l'étincellement du premier brasier, on vit courir quelques petites ombres noires ;

puis, bientôt, on ne les vit plus, — les citernes éventrées ayant tôt fait de vomir un torrent de feu qui noya le train tout entier.

Ce fut un épouvantement : les bœufs, avec des meuglements effroyables, essayèrent de défoncer les parois entre lesquels ils grillaient ; certains culbutèrent pêle-mêle sur la voie, d'autres, à moitié brûlés, le corps en flammes, s'enfuirent dans la nuit où longtemps on put suivre leur sillage de feu.

Au milieu du crépitement de la fournaise, des explosions, des cris des bêtes, plus faibles mais distincts cependant, parfois de longues plaintes, des hurlements humains se perçurent...

Cette horreur dura jusqu'au jour. Alors, ce fut un autre spectacle, non moins fantastique : des wagons, il ne restait que les roues qui émergeaient à peine d'une couche de cendre d'où, très droites dans l'air pur, s'élevaient, de places en places, de minces colonnes de fumée jaune. Des bœufs carbonisés gisaient de tous côtés. Plusieurs étaient restés étrangement debout, le cou tendu, un peu baissé, dans une attitude de tristesse lamentable : il suffisait de les toucher à peine pour les faire s'effondrer en une poussière d'os et de chair grillée.

On chercha vainement deux hommes, un troisième agonisait. Le sort d'un quatrième fut, peut-être, plus tragique encore. Le malheureux, les vêtements en feu, s'était enfui dans la prairie, bondissant comme un rouge et haut feu follet. Ainsi, il était allé s'abattre contre la porte d'une ferme isolée. Au bruit, le fermier s'était éveillé, était venu voir... Un despérados ?... Quelque écumeur de prairie, certainement !... Et le fermier, en guise de soins, avait tiré deux coups de revolver sur l'homme, puis s'était recouché, tranquillement.

Quand on retrouva le malheureux à moitié enfoui dans le sable où il avait tenté d'éteindre les lambeaux qui le brûlaient, il respirait encore.

Dakotah, 1892.

L'APPAT

A ce dîner de chasse, nous étions plusieurs camarades qui avions plus ou moins promené nos fusils dans les diverses parties de notre planète... Je causais des nuits d'affût dans les inquiétantes et majestueuses solitudes des déserts ou des savanes, quand le silencieux et énergique Biron fit signe qu'il allait parler.

Biron est un grand sportsman qui, sans trop s'en douter, a une âme de poète. Souvent, il oublia le gibier en contemplant la grande Évocatrice, pleine, pour ceux qui l'aiment, de chants, d'exquises et douces mélancolies.

Biron dit, à notre étonnement général :

— A propos d'affût, il m'en est arrivé une bien bonne dans la Haute-Egypte.

Nous criâmes tous que nous écoutions... Alors, il commença de sa voix calme et chantante :

« La scène est sur le Nil aux environs d'Assouan. Les ors du couchant s'éteignent lentement. Le soleil vient de disparaître derrière les hautes dunes du désert de Lybie, dessinant et transformant dans son flamboiement ce qui dépasse l'horizon. Trois chameaux rentrent vers un village perdu, trois chameaux qui apparaissent énormes, fantastiques et tout noirs, découpés sur le fond de feu. Un fellah les suit sur la crête des dunes, un fellah qui semble le géant digne conducteur de pareils monstres. La nuit se fait ; les ors pâles se noient dans la buée lilas qui, de partout, monte comme une gaze légère. Et bientôt, c'est le silence, la mélancolie.

. . . .

» — Oui, Sidi, me dit mon chasseur, attendons la nuit complète ; puis, nous descendrons au Nil, à l'endroit où vient boire la bête ; l'appât est à sa place. Avec l'aide d'Allah ! et beaucoup de patience, tu pourras la tuer, la maudite qui nous donne tant de mal.

» La maudite était une hyène qui déjà me coûtait trois insomnies. Mais, doit-on regretter le sommeil quand les yeux contemplent les trésors changeants que contient, du crépuscule à l'aube, une nuit d'Orient ?

» Quatre jours avant, j'avais acheté un pauvre âne paralytique. Ouardi, mon chasseur, l'avait tué. Puis, la bête éventrée avait servi d'appât. La seconde nuit d'affût avait été fertile en émotions, car deux fois, la bête était apparue. Son ignoble silhouette se détachant sur un rocher, elle était restée là, hors de portée, méfiante, reniflant dans l'air, et démêlant, à travers la puanteur tentatrice de la charogne, quelque chose de suspect. Puis elle s'était aplatie sur le sol, en observation, et l'on ne distinguait plus par moments que la phosphorescence de ses yeux. Elle était restée ainsi plus d'une heure.

Heure émotionnante entre toutes, dans le grand silence, loin des rumeurs d'Assouan dont, très au loin, on entrevoyait les lueurs. Je n'entendais que les battements de mon cœur. O chasseurs ! vous me comprendrez...

» Puis elle était partie, puis revenue, pour recommencer la même et méfiante observation.

» Et, à nouveau, ce furent les deux pointes de feu dans l'ombre... Puis, tout à coup, presque subitement, les premières lueurs de l'aube, et les yeux de la bête, évanouis...

» — Quel nouvel appât as-tu mis ? demandai-je à Ouardi, comme nous dévalions les grandes roches encore tièdes des feux du jour.

» — Bon, bon, me répondit-il. Très bon. Grande chance l'avoir trouvé.

» Et il posa un doigt sur sa bouche, en souriant mystérieusement. Nous étions arrivés. Nous nous cachâmes derrière des roches qui baignaient dans le limon du Nil.

» Je n'avais plus qu'à attendre, le doigt

sur la détente et les yeux fixés sur la petite touffe de roseaux que Ouardi m'avait indiquée.

» — En tout cas, ça sent bien moins fort que ton âne, lui murmurai-je à l'oreille.

» — Oui, plus fin comme odeur, plus fin, me répondit-il avec le ton qu'il prenait pour me faire renifler dans les bazars arabes, les flacons enguirlandés d'or des marchands d'eau de rose ou de verveine...

» Et il sourit encore, avec fatuité.

» Le temps passait, rien ne troublait le silence, si ce n'est, de temps à autre, un mouvement nerveux que je ne pouvais réprimer quand quelque grande chauve-souris m'effleurait la figure de son aile, si près, que je croyais sentir sur ma joue le duvet répugnant de son corps.

» Soudain, la main de Ouardi se crispa sur mon bras. La hyène approchait, affaissée sur ses musculeux jarrets, descendait vers le Nil, lentement, en une marche sournoise, comme traînant ses reins malingres.

» Elle avançait droit sur les roseaux, s'arrêtant de temps à autre, et je distinguais les mouvements de son museau humant l'air à petits coups saccadés.

» Elle n'était pas à vingt-cinq pas, et j'allais tirer, lorsque d'un saut, elle pénétra brusquement dans les joncs.

» J'étais décontenancé ; il me fallait attendre encore. Je l'entendais fourrager sur l'appât. Tout à coup, les roseaux se trouèrent, ses reins apparurent d'abord, et, à leurs mouvements brusques, je vis qu'elle reculait avec effort : elle essayait d'emporter sa proie. Son corps se silhouetta en entier. Je tirai... la bête roula, puis se relevant, se traîna. Nous sortîmes de notre cachette, la hyène se retourna sur nous ; mais, à cinq pas, je lui donnai le coup de grâce.

» Il était temps ; la lune se levait.

Après avoir contemplé ma victime, orgueilleusement, j'allai m'asseoir pour attendre le fellah qui, caché très loin de là avec nos ânes, devait venir après le coup de fusil.

— » Et l'appât ? fis-je soudain.

» Je m'avançai vivement au milieu des roseaux et je vis une chose qui me fit reculer d'horreur. Là, sous les rayons de la lune blafarde, une femme, noyée, était étendue. La hyène l'avait attirée par le bras ; et l'on voyait la trace profonde et déchiquetée de sa terrible morsure. Tout le reste du corps ballonné de la malheureuse était intact et, heureusement pour moi, les paupières étaient closes... sans cela, quels regards aurais-je encore trouvé dans ses yeux ouverts ? Et quels reproches aurais-je cru comprendre dans la fixité du regard de cette créature humaine qui m'avait servi d'appât...

» Je ne savais pour l'instant si j'allais assommer Ouardi à coups de crosse ou lui tirer dessus.

» J'avais saisi la misérable brute à la gorge, je l'avais jetée à terre, je la meurtrissais dans une colère folle... Et, un genou dans le sable, Ouardi racontait, pleurant, geignant, que le cadavre avait flotté tout le jour parmi les roseaux et les troncs de palmiers, qu'il s'était échoué dans le limon de la petite île, en face, que les vautours qui tournoyaient au-dessus avaient attiré l'attention d'un pêcheur du Nil, vautour d'une autre espèce ; que ce dernier voyant sur l'autre rive Ouardi occupé à relever les traces de la hyène, avait hélé. Alors, le drôle avait eu une inspiration qu'il n'était pas loin de trouver sublime : il s'était arrangé avec le pêcheur pour venir mettre le cadavre ici, le poussant doucement, au bon endroit, à vau-l'eau, les crapules !... »

Et à ce souvenir, Biron jeta son cigare, de colère.

» — Des années ont passé, continua-t-il. Mais, je vois toujours le sourire servile et mystérieux de Ouardi ; j'entends le fellah, un doigt sur les lèvres, me murmurer d'un air connaisseur : « Plus fin comme odeur, Sidi, beaucoup plus fin ! »

Haute-Égypte, 1896.

CALAMITY JANE

Des frontières du Canada au Colorado, du Colorado au Texas, dans l'immense étendue de l'Amérique où un cow-boy pouvait vivre et galoper, Calamity Jane était célèbre.

Ce qu'on savait d'elle commençait avec le compagnonnage d'un ancien bandit nommé Calamity, bandit dont elle avait été la maîtresse. Grande, bâtie comme un éphèbe, toujours elle avait porté le costume des trappeurs ou des cow-boys. En homme elle montait à cheval, en homme elle fumait, jurait, buvait ; en homme elle se battait, et n'avait son pareil pour boucher vivement les yeux d'un adversaire en deux coups de poing, secs.

Sa crosse de revolver était marquée de plusieurs croix, qui fixaient, pour elle, le souvenir de ceux qu'elle avait tués. Complaisamment, désignant celle-ci ou l'autre, elle disait : « Le jour où j'eus la chance de tuer Harry..., de tuer Dick... »

Le jour où son homme fut pris, c'est-à-dire tué par les détectives dans la prairie indienne, elle était à ses côtés. Contre un arbre ils étaient acculés, et, comme deux bêtes forcées, faisaient tête à la meute. Près de leurs chevaux crevés, gisaient trois cadavres de poursuivants. Mais, cette fois, le courage et l'adresse surprenante du bandit et de sa compagne ne devaient avoir raison du nombre, et une balle mieux ajustée mit fin aux exploits du « despérados ».

La femme ne voulait pas se rendre, restait sourde aux exhortations des policiers qui, en vrais Américains, répugnaient à la tuer. Leur chef eut un trait de génie :

— Jane, lui cria-t-il, si vous ne vous rendez pas, je vous casse un bras !

— Il m'en restera encore un, crapule ! fut la réponse de l'aimable personne, qui fit feu en même temps.

La riposte lui brisa le bras droit : elle s'abattit en hurlant.

On ne sut jamais bien la fin de cette histoire. Ce qu'il y a de certain, c'est que Jane avait des séductions auxquelles ne devaient résister ses gardiens, qu'elle disparut la nuit même qui précédait son arrivée à Frémont, où pourtant une confortable cellule l'attendait, et qu'elle put, trop mollement poursuivie, galoper vers le Texas et s'engager dans un ranch.

— Pour un homme, c'est un homme ! et un de ces mâles qui n'ont pas froid aux yeux, dit sentencieusement le vieux Frisch, hochant sa tête recouverte, jusqu'aux sourcils, d'un bonnet de castor.

— Qui çà ? interrompit Fredy le Canadien.

— Mais, Calamity, le jeune gars qui s'est

joint à nous, hier, au campement de Bear-Spring.

Fredy regarda son interlocuteur avec quelque compassion.

— C'est une femme, dit-il simplement. Seulement, vieux camarade, fais-moi l'amitié de garder le secret.

— Qu'est-ce que tu chantes ?

— C'est une femme.

— Une femme qui tire le revolver comme ça ! une femme qui ajuste un ours à cinq mètres, sans broncher ! une femme qui a une collection de jurons comme pas un de nous !... Tu as reçu un coup de lune, mon pauvre Fredy. Va conter ça à d'autres !

Et le vieux Frisch tisonna le feu du campement en haussant les épaules de pitié.

Le jeune géant redressa sa taille superbe, secoua sa chevelure dont les boucles blondes retombèrent sur les perles bariolées de sa veste de trappeur, et répliqua tranquillement :

— C'est une femme... Tout un an, j'ai

été son amant, alors que j'étais « foreman »..., puis, elle m'a quitté pour un qui passait et lui plaisait plus que moi... C'est une femme, Frisch.

Il s'étendit sur ses peaux, comme un homme décidé à dormir.

— Tu te f... de moi ! répondit Frisch, qui imita son ami et lui tourna le dos en grognant.

Autour d'eux, des feux brillaient dans la nuit froide et claire, découpant des silhouettes d'autres hommes debout, assis ou couchés, pour la plupart chasseurs de profession attirés par l'annonce de la grande battue d'automne, rancheros qui étaient venus amenant quelques cow-boys choisis parmi les meilleurs tireurs du ranch.

Fredy dormait, le vieux Frisch ronflait, les ombres s'étaient peu à peu étendues, les feux n'étaient plus que brasiers qu'aucun homme ne se dérangeait pour tisonner, les nuits n'étaient pas encore inclémentes. C'était le silence, le repos. Là-haut, les étoiles vaquaient à leurs petites affaires, les unes s'évanouissant, d'autres apparaissant...

Soudain, il sembla à Fredy qu'une main frôlait son épaule, qu'une voix susurrait doucement à son oreille des choses gentilles... Ce n'était, certainement, ni la main ni la voix du vieux Frisch.

Il en fut tout à fait convaincu quand deux lèvres brûlantes se posèrent sur les siennes.

— Réveille-toi donc, grande bête ! murmurèrent les lèvres.

— C'est toi, Jane !... Tu as trop bu de whisky, my girl !... Je le sens bien... A part cela, ta bouche est toujours aussi bonne... Que veux-tu ?... Prends garde de ne pas te trahir !

— Demain soir, j'aurai ma tente. Sois mon compagnon pendant la durée des grandes battues ?

— Personne ne te connaît ici ?

— Personne.

— Bien. Je chercherai un prétexte pour

lâcher le vieux Frisch, qui ronfle là... Ça ne sera pas commode, car je suis plein d'égards pour lui; c'est un ancien compagnon et associé au ranch de mon père; il m'a connu tout jeune et a guidé mes premiers pas dans la forêt et dans la savane... Enfin, comment te résister?...

— Pas de phrases... tu es toujours beau; il me semble que je vais t'aimer comme aux anciens jours... là-bas au Texas... ici, je serai plus heureuse... personne ne me connaît.

— Espérons-le!

Un ronflement sonore, semblable au grognement d'un ours, interrompit les deux causeurs.

Fredy regarda son voisin :

— Est-ce que par hasard il aurait entendu?

— C'est une souche, répondit Calamity.

— Il a le sommeil léger... et le vieux renard est plein de malice.

— Puisque tu en es sûr, tu ferais mieux de lui dire la vérité.

— Je lui ai dit déjà que tu étais une femme ; il m'a répondu que je me fichais de lui... Rien ne le dissuadera : il est plus entêté que notre mulet de charge, et Dieu sait ?...

— Je ne peux pourtant pas lui montrer la preuve...

Ils étouffèrent un rire.

— Va te coucher, ma fille... et assez ri pour ce soir, conclut Fredy, redevenu sérieux.

— Tu es toujours le même... Ah ! tu as un calme !...

— Pas toujours... Va.

Il lui prit la tête et lui écrasa la bouche sous un baiser. Et ce fut un curieux tableau que celui de cette femme en homme, de cette femme chasseresse comme Diane, de cette femme dont rien ne trahissait le sexe, qui s'abandonnait voluptueusement au baiser du géant blond, pâle et semblable à quelque dieu des légendes germaniques...

Ce fut peut-être la cause du soubresaut qui secoua le vieux Frisch.

Les premiers rayons du soleil pénétraient la forêt que déjà le campement était en activité; les provisions étaient tirées des chariots, les feux rallumés. Tous s'employaient vigoureusement, allaient, venaient, secouaient les couvertures, les pliaient, frottaient leurs armes, couraient au ruisseau faire leurs ablutions, poursuivaient une mule, un cheval qui s'était délivré de l'entrave, cherchaient un couteau, une timbale perdue sous les fougères...

Fredy et le vieux Frisch, parmi les premiers prêts, trempaient méthodiquement leur biscuit dans leurs timbales pleines de café bouillant.

Or Frisch, d'habitude si loquace à l'aurore d'une radieuse journée de chasse, Frisch ne semblait attentif qu'à ne pas se brûler les lèvres au gobelet, et cela de l'air du monde le plus rébarbatif. Fredy qui observait, en dessous, la mauvaise humeur inaccoutumée du trappeur, se creusait la tête pour en découvrir le sujet. Qu'eût-il pensé si, comme il se levait pour aller chercher son bow-knife (1) oublié dans l'herbe, à quelques pas, il l'eût entendu murmurer :

— Quel cochon !... Avoir des goûts pareils, lui !...

Depuis trois jours, Fredy partageait la tente de Calamity.

Ça n'avait pas été tout seul, quand, au cours d'une marche sous bois, il s'était décidé à dire au vieux trappeur :

— Frisch, tu ne m'en voudras pas si j'aime mieux coucher à côté de Jane qu'à côté de toi... Tu comprends, l'amitié n'a rien à voir là dedans, et, entre passer une nuit avec une femme ou avec un vieux bou-

(1) Couteau de trappeur dont le manche et la lame sont d'un seul morceau.

canier de ton espèce... je n'hésite pas... Tu comprends, dis, vieil ami ?

La figure du vieil ami, habituellement couleur de brique, devint tout à coup soleil couchant, et ce fut d'une boule écarlate que jaillirent ces mots :

— As-tu fini de te moquer de moi ?... Va faire tes saletés où tu voudras... Tu as pris ces goûts-là dans le Sud... Si c'est pas une honte !... Mais, ajouta-t-il, la voix tremblante de colère, que ce petit vaurien de Calamity ne me regarde pas en ricanant.... Qu'il ne m'approche pas, ou sinon je lui romps tous ses sales os !

Fredy eut un instant de terreur ; puis, comprenant, éclata d'un rire d'au moins trente-deux dents, tandis que Frisch s'éloignait vivement avec des gestes violents.

Cependant, malgré son rire, Fredy sentait une sourde colère monter, provoquée et par l'accusation et par l'entêtement imbécile du vieux.

Et les journées de chasse se succédèrent,

les nuits d'affût ; Frisch et Fredy devinrent, lentement, étrangers l'un à l'autre. Le Canadien en conçut bien quelque chagrin ; mais, véritablement, c'était trop d'entêtement borné. Il ne craignait seulement qu'un hasard, un incident, mît Jane face à face avec le vieux trappeur. « Oh ! alors, pensa Fredy, le grabuge sera certain ! » Et il pensait d'autant plus juste, que Jane, agacée par l'obstination du vieux, ne ferait certainement rien pour le dissuader, — au contraire !

Le campement changea de contrée ; les chefs choisirent l'emplacement d'un ranch abandonné, sis aux pieds des Blacks-Hills (1), du côté de Custer.

Les montagnes qui environnaient le ranch donnaient l'impression d'un chaos fantastique qui eût voulu escalader le ciel. C'était un entrelacement de fougères, d'herbes prodigieuses, d'arbres géants, morts et vivants,

(1) Collines noires.

aux branches desséchées ou aux ramures desquels pendaient, pleines de sève, des masses de verdures. Des roches grises, énormes, s'élevaient par blocs titanesques au milieu des bois et se couronnaient de feuillages rouges, sanglants. Sur un côté, une muraille rocheuse, haute de cinq cents mètres, se dressait sur l'herbe de la vallée comme une falaise de granit sur le bord de la mer, mais ridée jusqu'au faîte de lézardes où des arbres énormes s'étageaient. Cela évoquait l'idée d'un cataclysme, d'un heurt effroyable de montagnes sous une pluie de bolides, d'un choc préhistorique soudainement figé et dans les blessures duquel les sèves forestières s'épanouissaient.

C'est dans cette nature, arrivée au paroxysme de la violence, que devaient pénétrer les trappeurs pour y chasser les elks (1).

Il avait été décidé que, pendant un repos de deux jours, des boys iraient au grand

(1) Cerfs des Montagnes Rocheuses.

village de Custer pour y prendre des vivres frais.

C'était un dimanche. La journée avait été resplendissante d'une lumière qui avait permis de mieux admirer les Blacks-Hills, les prairies au gazon court et dru, les hautes herbes jaunes onduleuses sous la brise, et le ranch pittoresquement établi au fond de la cuvette de la vallée, le ranch cerclé de ses chevaux parqués, de ses troupeaux de mules... De grand matin, un chariot était parti, escorté de cow-boys commandés par Fredy.

Ce jour finissait dans le calme. Les hommes, réunis par groupes de ranch, d'autres par sympathie, l'avaient passé étendus sur leurs couvertures, causant peu, regardant monter dans l'air pur la fumée bleue de leurs pipes, ou glisser, très haut, les grandes bandes des oiseaux qui émigraient vers le Sud.

La nuit était proche. Elle vient tôt, ces fins d'automne, et l'heure crépusculaire est courte en ces contrées. C'est cette heure-là que le vieux Frisch avait impatiemment attendue.

Tout le jour, il s'était tenu à l'écart de ses compagnons, taciturne, rongé par une secrète pensée, causant seul, faisant des gestes de menaces à un invisible ennemi.

Maintenant que les premières lumières du campement surgissaient dans la nuit, il s'assura que son bow-knife sortait bien de son étui de cuir et il se dirigea vers la petite cabane abandonnée qui servait de logement à Calamity et à Fredy.

La cabane n'avait plus de porte ; d'anciens occupants l'avaient brûlée ; un rayon de lune poudroyait par la baie ouverte, éclairant le taudis presque jusqu'au fond.

Étendue dans un hamac peu élevé de terre, ayant, sur le sol, à portée de sa main, une bouteille de gin et un gobelet d'argent, Calamity fumait une courte pipe.

Dès que Frisch entra, elle posa sur lui son regard mobile et gouailleur, et entama :

— Soyez le bienvenu !... Mais, puisque vous savez que je suis une femme, permettez-moi de ne pas me déranger... Vous venez pour Fredy, il est absent jusqu'à demain soir... Oh ! que cela ne vous empêche pas de prendre un verre de gin... Tenez, vous trouverez le gobelet de Fred, là, dans le coin.

Malheureusement, tout cela était dit avec un sourire narquois qui, de suite, persuada au vieil entêté qu'on se payait sa tête. Et elle le savait bien, la damnée.

— Je ne suis pas venu pour boire avec vous, répliqua le trappeur.

— C'est dommage !... Ce gin réchaufferait les entrailles d'un iceberg.

Elle sauta du hamac.

— La nuit est tombée tout d'un bloc. Si ça vous est égal, je vais allumer une chandelle, mon vieux camarade.

Une petite flamme douteuse et rougeâtre éclaira la masure.

— Je vous défends de m'appeler vieux camarade, tonna Frisch.

Gouailleuse, Calamity le regarda :

— Dites donc, si le dimanche n'est pas un jour de fête pour vous, comment sont alors les autres jours ? Vous ne devez pas être souvent rigolo, vous, à ce que je vois... Mais je suis le meilleur des garçons... la meilleure fille de la terre, voulais-je dire.

— Tu avais bien dit d'abord, crapule, et malgré toi !

Calamity fronça les sourcils ; sa bouche eut une crispation ;

— Je n'aime pas beaucoup les injures, vous savez !... et si c'est pour ça que vous êtes venu ici...

Frisch marcha droit vers elle et lui saisit brutalement le poignet :

— Écoute !... Tu vas quitter le camp demain... tu vas me le jurer sur l'heure !... sans cela, aussi vrai qu'il y a un Dieu, je te romps les os.

Calamity n'avait pas bougé sous l'étreinte,

mais son visage était devenu blanc et une buée avait voilé son regard.

— Êtes-vous bien certain qu'il y a un Dieu ?...

Et sa phrase à peine achevée, de son poing libre elle frappait le trappeur entre les deux yeux, d'un coup sec et rapide. Le vieil ours lâcha prise et chancela. Mais une seconde seulement, car l'instant d'après, tête baissée il s'était lancé sur Calamity et l'avait saisie à bras le corps.

Plus de paroles, des souffles rauques, des hoquets, les deux êtres à terre, luttant, l'un avec toute sa souplesse et son adresse, l'autre ne cherchant qu'à broyer sous l'étreinte. Ce furent des chocs terribles, des bonds qui achevèrent le désordre de la hutte : le falot renversé s'éteignit. Chaque fois qu'une main de Calamity s'échappait, des coups rapides ensanglantaient la figure de Frisch.

Il comprit que, malgré sa force, il n'aurait pas raison de l'agilité et de la décision de son adversaire. Une rage folle envahit son cerveau. Le sang qui coulait de ses meurtrissures vers sa bouche lui donnait le goût, l'odeur du sang, du sang... Ce ne fut plus seulement une correction qu'il voulut infliger... A bout d'efforts, il sentait les membres de Calamity s'agiter et se tordre comme à la première prise... Un moment, il réussit à l'étreindre sous lui : dans l'éclair d'un mouvement irréfléchi, de sa main libre il saisit son bow-knife et, du manche massif, il frappa vers la tête... il frappa... frappa... Un gémissement, un soubresaut, un râle entrecoupé... Il s'arrêta de frapper : il n'avait plus sous lui qu'une masse inanimée.

Il se releva. Calamity ne bougeait plus. Il se pencha, palpa les jambes : elles demeurèrent inertes.

Secoué d'un frisson, il tira le corps dans un rayon de lune : sous la lumière douce, le cadavre se silhouetta, d'abord la tête meurtrie, tuméfiée, sanglante, méconnaissable ; puis, par une large déchirure de la veste, entre les lambeaux de chemise, un sein épouvantablement blanc.

Comme un fou, Frisch se sauva dans la nuit...

Ainsi mourut madame Calamity.

Prairie indienne, S. Dakotah, 1893.

LE JOCKEY A L'HOPITAL

Sir Eustace Mevil était un élégant gentleman qui frisait la cinquantaine. Il était osseux et droit comme un jonc, habillé d'une parfaite façon, — où se mélangeaient, avec recherche, la coupe du jour et un je ne sais quoi de 1830, ne fût-ce que dans la cravate et les guêtres. Diplomate, il faisait sûrement son chemin, se distinguant dans tous ses postes à l'étranger par la façon personnelle et dégagée de scrupules avec laquelle il posait, d'abord, la suprématie de l'Angleterre.

Comme il était flegmatique, peu causeur et pince-sans-rire, comme il écoutait les autres en fixant sur eux ses yeux bleus et froids, il n'y avait aucune raison de douter qu'il ne fût très intelligent et plein de finesse — posture infiniment adroite et qui permet, souvent, au plus parfait imbécile de donner le change...

Sir Eustace n'avait qu'une passion (connue) : les courses. Il accourait de fort loin, et passait facilement une frontière pour assister à une grande épreuve, et repartir aussitôt après rejoindre son poste.

Voir courir et mourir, était sa devise. Cette passion, au reste, ne l'empêchait nullement, sorti du turf, d'être un excellent gentleman. Parfois, il avait le mot. A un quidam qu'il ne pouvait souffrir, et qui, souriant d'une bouche édentée, lui reprochait de ne l'avoir invité à un tuyau :

— Sir Eustace, j'ai une dent contre vous !

— Aoh !... il faut la laisser pousser, monsieur.

Aux courses de Grognedenlewal, c'était l'excellent petit jockey James Tyrefor qui devait monter le cheval belge *Sais-tu-Mon-*

sieur, dont la qualité incontestable lui avait valu les honneurs d'être le favori. Pour sir Eustace, cela valait payer deux. Très confiant, il avait joué son maximum, et, avant la course, accaparant Tyrefor dans un coin, il lui faisait mille recommandations que l'autre écoutait attentivement, d'abord parce que sir Eustace était une personnalité anglaise ; ensuite, parce que c'était une valeur sportive, et parce que... un tas de choses qui ne vous regardent pas.

Un groupe de curieux se tenait respectueusement à l'écart, observant. Il y avait là le propriétaire du cheval, jeune homme naïf qui regardait d'un air un peu étonné ce monsieur correct, mais inconnu, qui donnait des ordres à *son* jockey pour monter *son* cheval de telle ou telle manière...

La cloche sonna. Sir Eustace suivit d'un regard connaisseur *Sais-tu-Monsieur* prendre son canter et sauter légèrement la haie d'essai. « Il est en superbe condition », murmura-t-il, et, satisfait, il gagna la tribune des propriétaires.

Sais-tu-Monsieur faisait merveille, quand, vers la fin du parcours, ses adversaires commencèrent à flotter et à s'égrener, lui seul tirait double et semblait atteindre facilement la victoire... Mais, ne voilà-t-il pas que cet animal devient subitement la dernière des rosses, culbutant épouvantablement à l'avant-dernier obstacle !... Quel panache ! James Tyrefor vola en l'air, retomba juste en avant, au bon endroit, à celui où le cheval venait faire sa dernière culbute et l'écrasait de tout son poids.

Quelques secondes de repos ; puis, *Sais-tu-Monsieur* mal à l'aise sur Tyrefor, se relevait et gagnait la porte d'entrée, au petit trot, en vieux steeple-chaser qui la connaît dans les coins.

James Tyrefor, étendu sur la civière, avait perdu connaissance. Malgré la casaque de soie claire aux gaies couleurs, il était lamentable. Deux heures après, transporté à l'hôpital, il reprenait ses sens. La première des facultés qu'il recouvrit fut celle de souffrir, — ce à quoi il fut encouragé par ce diagnostic du docteur qui lui parvint : « Contusions et lésions internes, ventre, estomac et reins ; état très grave. »

Sur ces bonnes paroles, il se prit à gémir.

Le lendemain, son état empirait. C'est à peine si la morphine mettait quelque répit entre les atroces souffrances du pauvre boy.

Dans l'après-midi, un infirmier se pencha vers lui et, gentiment, lui demanda :

— Eh ! vous, l'Anglais.. êtes-vous en état de recevoir une visite ?... un compatriote... un *sir*... un personnage officiel, encore ; chouette, mon garçon on a des relations !

Le petit jockey tourna la tête, et fit signe que « oui », des deux grands yeux bleus candides, cernés par la souffrance et qui éclairaient sa face poupine.

L'infirmier partit.

Il pensa, alors, combien c'était gentil de la part de sir Eustace de se montrer compa-

tissant envers un petit bonhomme comme lui. Vrai, il lui en sera reconnaissant ; et, plus tard, s'il remonte jamais, chaque fois qu'il aura une bonne monte, sir Eustace le saura, vrai de vrai ! c'est trop gentil...

— Ne le tenez pas trop longtemps... ça ne va pas, murmura confidentiellement l'infirmier amenant sir Eustace auprès du lit.

Sir Eustace hocha la tête d'un air compatissant, s'assit près du blessé et lui prit la main :

— Allo ! James, ça ne sera rien, mon garçon.

James essaya en gémissant de se tourner de son côté ; mais impossible. Il aurait bien voulu, pourtant, remercier, car il était touché de la visite.

— Merci, sir, dit-il difficilement... Ah ! sir, je souffre beaucoup... beaucoup trop...

— Du courage, mon boy, du courage... Dites-moi, James, pouvez-vous me répondre ?

— J'essayerai, sir... mais je souffre plus... ah !...

Et la main du petit jockey se crispa sur celle de sir Eustace.

— James, voyons, vous êtes un homme !... Ne vous tordez pas ainsi... Vous vous ferez du mal.

James ne répondit pas ; mais, pour prouver sa bonne volonté, fixa ses grands yeux élargis, angoissés, sur ceux de sir Eustace.

— J'ai quelque chose à vous demander... James, dites-moi, quand vous êtes tombé, *Sais-tu-Monsieur* tirait-il encore ?

Mais l'enfant n'a pas entendu la question : sa main tremblante se convulse, puis serre désespérément la main de son visiteur.

— Monsieur l'infirmier ? crie instinctivement le diplomate.

Hâtivement, le surveillant s'approche.

— C'est fini, monsieur, c'est fini... c'est le coma...

— Aoh ! dit sir Eustace, qui détacha sa main, non sans difficulté.

Et il n'était pas sorti de la salle, qu'il pensait :

— Si j'étais venu ce matin, comme j'en avais l'intention, j'aurais su si, quand il est tombé, *Sais-tu-Monsieur* tirait encore... Si cela était, il ne faudrait pas chercher d'autre gagnant pour dimanche.

Bruxelles, 1903.

LA RENTE VIAGÈRE

Les reins cambrés, les oreilles coupées en fer de lance, de robe fauve, les yeux méchants où de petites lueurs rouges passaient, les deux molosses de Salomon Gutberg faisaient l'admiration de la ville de Colorado Springs.

Derrière eux, Salomon trottinait.

Autant ses dogues avaient l'échine souple, autant lui l'avait voûtée ; autant, les oreilles dressées, ils portaient haut la tête, autant lui, suivait l'oreille basse, — une oreille énorme, parcheminée et retombante, une oreille qui avait quelque chose de celle de l'éléphant. Il avait la figure anguleuse, cerclée d'une barbe grise en fer à cheval et des yeux clairs, inquiets, sous de profondes arcades sourcilières surmontées de touffes de poils à la Méphisto.

Par les rues neuves, à peine ébauchées, il s'avançait, épiant choses et gens, heureux de rendre de nombreux saluts. Salomon Gutberg avait été un des fondateurs de Colorado Springs.

Fondateur de Colorado Springs, cela avait été son dernier avatar. Avant, le drôle avait fait un peu de tout, — sauf une bonne action.

Il avait exercé tous les métiers avec la même cupidité, se faisant tour à tour garçon de ferme, mineur, fermier de jeux, tenancier de maisons hospitalières à l'excès, s'arrêtant toujours par peur, et avec un merveilleux instinct, sur la frontière du délit facilement punissable.

Maintenant, la cinquantaine le trouvait sinon très riche, au moins suffisamment argenté pour vivre en heureux célibataire et pouvoir, à sa guise, risquer quelques milliers de dollars, dans des spéculations qui seraient le dernier attrait de sa vie.

Donc, il trottinait par la ville.

Ville ou village, Colorado Springs ? Quelque chose qui serait Aix ou Vichy, ou encore la Suisse en Amérique ; un rêve au milieu des réalités, une cité de féerie dans un paysage de songe, le minuscule au milieu du grandiose. Toute jeune, bâtie en hâte dans le plus merveilleux site du Colorado, cette cité de repos n'a été fondée que pour servir de refuge aux malades, aux fatigués, à ceux qui veulent se ressaisir un peu avant de se jeter à nouveau dans le *struggle for life*.

Trottinant, notre homme était arrivé devant une maison neuve, dont le bouton électrique de la porte était surmonté d'une large plaque de cuivre où était gravé : *Docteur Bluff and C°*...

And C°, voilà qui était, pour le moins, inquiétant pour un docteur.

Salomon poussa le bouton ; la porte s'ouvrit. Salomon, sans hésitation et en habitué, monta quelques marches, ouvrit une porte-tambour et se trouva devant le docteur Bluff.

Celui-ci, attablé à son bureau, écrivait. Sans lever la tête, sans discontinuer de faire courir la plume sur le papier, il prononça :

— Allo, old man.

Salomon prit un cigare, l'alluma, s'étendit les jambes en avant dans un rocking-chair, et, attendant que le docteur eût fini, se balança doucement, en envoyant vers le plafond de grosses bouffées de fumée.

Bluff posa enfin sa plume, releva la tête et commença :

— Vous venez, Salomon, pour notre malade?

— Naturellement... Quelles nouvelles ?

— Mauvaises.

— C'est-à-dire qu'il va de mieux en mieux ?

— Tout à fait, all right !

— My God !

Et Salomon frappa du poing sur le bureau.

Bluff ne s'émut pas et répondit :

— Que voulez-vous ? ces vieux émigrants ont un ressort incroyable ! On les croit éteints, usés, par une vie de labeur sous tous les climats, brûlés par toutes les boissons, détériorés par toutes les nourritures de conserves, viandes salées, etc... Pas du tout ! Quelques mois de repos, des aliments frais, et la machine repart.

— Pour longtemps ?

Après une courte hésitation, Bluff répondit :

— A la façon dont ce trompe-la-mort a reverdi, il nous mettra en terre tous deux... Et puis...

— Et puis ?

— C'est un homme qui ne veut jamais prendre de drogues.

— Un original.

— Il ne veut se soigner que par l'hygiène... ce n'est pas un imbécile, Salomon !

— Sans aucun doute... Une vraie guigne !

— Que voulez-vous, il faut passer cette affaire au côté perte. Je vous en ai procuré d'autres assez bonnes, je crois : nous n'avons pas à nous plaindre de notre association, ni l'un ni l'autre.

Salomon se récria :

— Mais cette fois-ci l'affaire est grosse, la rente que je sers à cet animal sera une perte énorme... pensez donc ! si c'est lui qui m'enterre...

— Que diable voulez-vous ? Quand cet homme est venu me trouver, il y a six mois, voûté, toussant, miné, je ne lui en aurais pas donné pour un an... Et, selon nos conventions, je vous ai conseillé de lui servir la rente viagère qu'il demandait et cherchait... Je me suis trompé pour la première fois : est-ce vrai ?

— C'est vrai !... Quelle déveine ! Ma plus grosse affaire !... Enfin, trouvez-moi autre chose, hein ?

— J'ai Fred Bagnell.

— Qu'est-ce que Fred Bagnell ?

— Je ne vous ai encore rien dit de Fred Bagnell, l'ancien ranchman ?

— Non !... Et, c'est intéressant, Fred Bagnell ? questionna hâtivement Salomon.

— Très... Nous tenons, là, notre revanche peut-être... Mais l'affaire n'est pas mûre, et je vous en recauserai à votre prochaine visite : comptez sur moi.

— Au revoir, Bluff.

— Good by, Salomon.

Le juif redescendit dans la rue où il retrouva ses deux molosses, inquiets, assis sur leur derrière, tournant têtes et pointes d'oreilles en tous sens.

L'homme et les bêtes repartirent.

Comme Salomon tournait l'angle d'une rue, il fut salué amicalement par un quidam qui cheminait sur l'autre trottoir. Salomon répondit par un salut furtif, fit quelques pas encore, puis s'arrêta net et se retourna : c'était son malade.

L'homme continuait son chemin d'un pas

égal ; bientôt il se serait confondu avec les autres passants si la note rouge de l'immense foulard de soie, sans lequel on ne le rencontrait jamais, ne l'avait fait remarquer...

L'homme au foulard rouge...

Il avait disparu, que Salomon restait, à chercher dans la perspective de la rue, cette petite tache rouge qui était sa rente viagère... De longues minutes s'écoulèrent ainsi... Puis, brusquement, le juif cessa de regarder, se retourna, siffla ses molosses et regagna sa maison d'un pas assuré qui contrastait fort avec sa première allure.

On eût dit qu'il venait de trouver une inespérée et heureuse solution à l'affaire que le docteur venait si justement de qualifier de mauvaise...

Salomon Gutberg habitait loin du cœur de la ville, *du côté où forcément, plus tard, elle devait s'étendre,* un chalet tout en bois entouré d'un vaste jardin clos d'une palissade de hautes planches. Une femme, d'âge vague, composait toute la domesticité du maître.

Si Salomon avait eu d'immédiats voisins, ils eussent été à partir de ce moment, et chaque jour à la même heure, fort troublés par le bruit infernal que faisaient Salomon et ses chiens.

Mais, cherchant les causes de ce vacarme, lesdits voisins en eussent été réduits aux conjectures ; car, à cause des palissades, seuls les appels seraient parvenus, les abois furieux, les excitations...

Ce manège dura bien une semaine, — au bout de laquelle on vit, certain matin, Salomon rentrer chez lui porteur de nombreux petits paquets soigneusement ficelés, et dont l'allure décelait certainement d'excellentes choses, pour le moins des conserves de saucisses et du jambon fumé.

Salomon traitait, ce matin-là, un des shériffs de la ville, et, pour une fois, faisait bien les choses. Il avait voulu qu'on déjeunât en plein air, sur le grand balcon de bois dont le store baissé tamisait les rayons chauds du soleil d'avril. C'était un délicieux endroit pour digérer à l'aise, causer, regarder s'élever en volutes bleuâtres la fumée des havanes.

Le repas touchait à sa fin : par une dernière attention, Salomon voulant le couronner de welsh-rabbits savoureux, avait envoyé à son fourneau Betty, la servante.

C'est ce moment qu'il semblait avoir choisi pour faire une manière de confidence au shériff :

— A propos, j'attends Wekind, vous savez ce vieil émigrant à qui je fais une rente. Je lui ai dit de venir prendre le café à deux heures (il regarda sa montre) ; il ne peut tarder... Et je veux profiter de votre présence, shériff, pour lui proposer une combinaison. Votre profonde connaissance des lois américaines me sera très utile.

Il s'était levé et penché sur la balustrade du balcon :

— Eh, mais, le voici justement !... Ne

voyez-vous pas son chapeau au-dessus de la palissade... Je distingue même son foulard rouge : c'est bien lui... Eh ! Wekind, on vous attend, mon ami !...

Du dehors, l'homme tournait, mais inutilement, la poignée de la serrure.

— Ah ! damnée Betty ! continua Salomon, elle a fermé la porte à clef... Wekind ! Wekind ! la porte est fermée et Betty est à ses tartines au fromage, vous comprenez !... Ayez donc l'obligeance de faire le tour, Wekind ! vous trouverez la vieille petite porte ; deux bons coups de pied dedans, et elle cédera... Excusez-moi.

— All right ! répondit la voix de Wekind.

— Prenez donc un verre de gin, dit Salomon au shériff en se rasseyant. C'est excellent, avant les welsh-rabbits.

Et, lentement, il servit son hôte ; mais sa main trembla. Il s'en aperçut.

— La vieillesse... la vieillesse, murmura-t-il. Puis il ajouta, tout à coup inquiet : Sapristi ! pourvu que mes molosses ne soient pas lâchés ; ils ne sont pas méchants, mais...

La phrase fut coupée par des aboiements furieux suivis de cris et de hurlements terrifiants.

Les deux hommes dévalèrent dans l'escalier.

Salomon s'époumonait :

— Ici, Ruby !... ici, Nelly... Arrête ! arrête !... Ah ! mon Dieu !...

Et Betty, sortie, courait avec eux, poussant des cris.

Quand ils eurent rejoint les chiens, Salomon, vociférant toujours, leur jeta, mais inutilement, des pierres, du gravier...

Le shériff tira froidement son revolver.

— Oui ! oui !... c'est cela, clama le juif, tuez-les ! tuez-les !

Plusieurs détonations retentirent, les deux molosses roulèrent, lâchant enfin Wekind, loque sanglante qui s'abîma auprès d'eux, Wekind, la face à demi dévorée, la gorge ouverte, dépecée, arrachée effroyablement, et où, aux chairs déchiquetées et sanglantes, se mêlaient encore des lambeaux du foulard rouge...

Si quelque curieux se fût avisé de perquisitionner chez Salomon Gutberg, il eût découvert dans la cave, sous un amas de bois et de sacs de charbon, un étrange mannequin, sorte d'épouvantail à oiseaux, bon à sauver la récolte d'un cerisier. Mais, si le curieux s'en fût approché d'un peu près, il eût remarqué qu'autour du cou, une corde enserrait encore des débris de viande crue, et que, par coquetterie sans doute et pour mieux certainement compléter l'épouvantail, la corde et la viande étaient dissimulées sous un ample foulard rouge...

Colorado, 1893.

UN CROYANT

L'Arabe qui s'était présenté au camp avait mystérieusement, mais formellement, annoncé au commandant que, cette fois, il tenait Ben-Souadi... Tenir Ben-Souadi !... Le chef avait souri, et écouté tout d'abord les propos de l'espion d'une oreille indifférente. Mais le drôle avait été si circonstancié dans les détails, son récit paraissait si vraisemblable, son assurance était si entière, si dépouillée de réticences et d'embarras, que, sur ses indications, un détachement avait été formé en hâte et était parti à la découverte.

Avide de connaître l'aventure, l'intrigue, — si toutefois une intrigue se cachait sous les paroles de l'Arabe, — j'obtins la permission de me joindre aux cavaliers.

Tenir Ben-Souadi! Je ne me faisais à cette idée, tandis que dans la grande plaine couleur de blé brûlé, nous marchions lentement, la tête alourdie par la calotte de plomb que nous mettaient au front les rayons du soleil. Devant nous, à pied, marchant plus facilement que nos chevaux dans le sable mouvant, l'Arabe avançait de son pas plié et antique.

Nous le suivions.

Tenir Ben-Souadi! Par quel prodige, par quel incroyable concours de circonstances allions-nous captiver l'imprenable assassin de combien de colons, celui qui s'était joué des espions, des embûches, des traquenards, le forcené, le fanatique qui ne tuait ni pour voler ni pour violer, — mais pour « faire plaisir à Allah ». — Et, tout en interrogeant vainement l'horizon mélancolique du désert, je me remémorais les prouesses du révolté, et comment, changeant son allure et sa voix, il pénétrait dans les fermes, y journoyait un jour ou deux, le temps de connaître les habitudes du maître, et de le frapper plus sûrement. Au dire des mendiants et des miséreux qui n'hésitaient pas à le dénoncer devant l'appât d'une pièce d'argent, l'homme usait presque toujours du même stratagème... Le soir, quand tout dormait, il se glissait parmi les touffes d'alfa, il se coulait dans les orges ; parvenu à la fenêtre du colon, d'un coup vif et sec il en cassait un carreau et, brusquement, faisait surgir une manière d'épouvantail confectionné à l'aide de sa matraque et de son burnous. Un coup de feu partait-il trouant le mannequin, Ben-Souadi s'éloignait ; si rien ne répondait au bruit et au fantôme, c'est que la pièce était vide ou que la victime sommeillait... Alors, l'*holocauste* s'accomplissait.

Le coup était-il manqué, le poursuivait-on... l'homme devenait alors extraordinaire. Doué de jarrets d'acier, d'une souplesse et d'une force invraisemblables, par bonds prodigieux il prenait sa course, une course folle qui narguait les balles, qui se jouait des crevasses et des précipices au fond desquels, par d'inexpliqués et prodigieux glissements, il se retrouvait indemne, — une course qui tenait véritablement de la légende et du fantastique, une course où il mettait en œuvre, avec un bonheur et un coup d'œil surprenants, les moindres accidents du terrain, une course où il n'avait pas été rare de lui voir franchir, d'un bond, une rangée de cavaliers lui barrant la route.

Voilà celui que nous étions partis dans l'intention de capturer, celui que, très tranquillement, l'Arabe nous promettait.

Nous allions par les dunes, explorant inutilement autour de nous, quand brusquement le Judas qui était venu nous trouver s'arrêta et, étendant le bras vers des rochers plats qui émergaient du sable d'or, nous montra, au milieu d'eux, une immobile petite tache blanche.

Sa face s'éclaira, une lueur passa dans ses yeux, un sourire découvrit ses dents serrées :

— Ben-Souadi, fit-il.

Nerveusement, dans une hâte qu'on comprend, nous dessinâmes autour des roches un immense cercle, que nous rétrécîmes graduellement. La petite tache blanche ne bougeait toujours pas. Les sabots de nos chevaux frappèrent les premières pierres ; elle resta immobile. Des hommes mirent pied à terre et escaladèrent la roche : celui qui était prosterné le front sur le granit, les laissa approcher. On se saisit de lui.

Soigneusement ligoté sur un cheval, nous emportâmes Ben-Souadi vers le camp, — vers la mort.

En avant des tentes, le commandant nous attendait.

Nous descendîmes le prisonnier et dénouèrent ses entraves.

La prime jetée au dénonciateur, le récit de la prise achevée, le chef s'approcha du fanatique, sur le masque impénétrable duquel aucune émotion ne se lisait.

— Pourquoi, lui demanda-t-il, n'as-tu pas essayé de fuir, comme les autres fois?

Ben-Souadi se tourna vers le couchant, fixa de ses yeux d'aigle le soleil qui tombait sur l'horizon, aspira orgueilleusement le vent qui commençait à tourmenter les dunes, et répondit :

— Ben-Souadi ne se dérange pas à l'heure de sa prière.

Oasis des Ziban, 1886.

LE BON APOTRE

Personne n'était plus large d'idées que M. Bourgeot, et les prolétaires n'avaient pas de plus hardi défenseur. Il comprenait toutes les faiblesses, il excusait toutes les fautes. Il était pour le partage universel, pour le partage intégral et « par parts égales » ; selon lui, « la terre et ses fécondités, le commerce et ses richesses devaient être lotis et distribués ». M. Bourgeot était pour l'égalité, non en théorie, mais en pratique.

Et il développait ses idées en des brochures vigoureusement écrites, dont la lecture apitoyait certainement sur le sort des braconniers, des voleurs, des escarpes et autres professionnels du coup du père François.

Les âmes sensibles n'arrivaient à la dernière page, que les yeux humides de larmes.

M. Bourgeot (qui était riche) possédait une ravissante propriété à proximité de Paris, dans un de ces coins charmants blottis entre les méandres de la Seine, et qui égayent les bords de la rivière comme des pierreries jouent sur une chaîne d'argent.

Il aimait, pendant les jours dorés, à faire goûter à quelques intimes les délices de sa résidence. Il choisissait son monde, non pas parmi ceux qui partageaient ses irréductibles idées, mais, au contraire, parmi ceux qu'il savait être réfractaires à l'égalité universelle, au partage du bien, justement ou mal acquis. Il conviait ces naïfs qui voyaient encore une frontière entre la France et l'Allemagne, il conviait ces sauvages qui n'hésiteraient pas à tuer pour défendre leur vie et leur bien... Il conviait des simples, quoi !...

Aussi, n'aimait-il rien tant qu'à faire l'apôtre au milieu de tels invités. Alors, il se lançait, avec quelle fougue ! dans les plus graves problèmes sociaux, dans les questions les plus communistes. Et, comme il avait la parole violente, facile, abondante, il était presque impossible de l'interrompre, — ce qui lui permettait de croire qu'il persuadait, et lui donnait l'illusion du triomphe.

Dans le magnifique jardin de sa villa où s'entremêlaient en combinaisons savantes des parterres de fleurs rares, des plans de roses majestueuses et exquises, des roses aux tons les plus divers, depuis la rose éclatante et pourprée jusqu'à la pâle rose thé qui semble être la plus neurasthénique des fleurs, dans le jardin de sa villa M. Bourgeot avait fait dresser la table. Sous l'ombre d'un vaste platane, c'était d'un effet joli comme tout que la nappe d'une blancheur ardente, les cristaux allumés de l'étincellement de l'argenterie et, aux panses des carafes rebondies, le topaze et le rubis des vins.

Le train de onze heures avait amené à M. Bourgeot six invités : le couple Ponchart-Lévy, ménage mûr mais aimable, qui vivait dans l'atmosphère des intellectuels parisiens ; le père Ponchart-Lévy, ancien éditeur dans une grande ville de province, avait été en rapports suivis avec pas mal de cerveaux, féconds producteurs de livres avec lesquels il avait fait sa fortune... Puis, le jeune Gaston Arriviste, un assidu des déjeuners Bourgeot. Nature cynique, mais gourmande, celui-là entrait volontiers dans les vues de l'amphitryon pendant toute la durée du repas. Mais, sitôt installé dans l'express qui le ramenait à Paris, sans attendre, il tâtait l'opinion de ses compagnons, puis, se payait doucement la tête du fougueux polémiste, si doucement, que quand le train stoppait à la gare St-Lazare, Bourgeot et ses idées n'étaient plus que des loques lamentables et ridicules... Le lot se complétait d'un avocat, qui venait pour la première fois, amené par Arriviste, d'un critique influent et d'un bas bleu.

Le commencement de ce déjeuner du « deuxième jeudi d'août » fut banal, mais gai ; la conversation roula sur des faits divers, sur une pièce d'été, sur les derniers morts en automobile... Le critique influent prouva combien Racine et Voltaire étaient différents, ce qui n'étonna personne ; Ponchart-Lévy eut le malheur de dire qu'il eût donné beaucoup pour avoir connu George Sand ; madame Ponchart-Lévy, froissée, pleine de graisse et d'aigreur, lui répondit « qu'elle ne le retenait pas et qu'il pouvait aller la retrouver », ce qui amena un léger froid.

Mais Arriviste était là, et Arriviste avec une habileté sournoise poussa Bourgeot vers son sujet favori ; et, tout en manœuvrant, il clignait de l'œil à son ami l'avocat, semblant lui dire : « Tu vas avoir ce que je t'ai promis... On va rigoler ! »

Avant le dessert Bourgeot était emballé, tantôt sa voix, grosse, tempêtait contre l'injustice humaine ; tantôt sa voix, attendrie, pleurait sur le sort malheureux du chemineau. Et, par instants, son poing retombait violemment sur la table, alors qu'il évoquait la juste révolte des prolétaires...

Il en était au partage universel, à la possession commune des biens de la terre... « De quel droit, hurlait-il, ces vignes qui s'étagent là-bas sur les coteaux, ces terres grasses (il eut un geste élargi) qui s'étalent ici dans la vallée, de quel droit toutes ces jouissances ne seraient-elles que des mirages aux yeux des déshérités... De quel droit, beuglait-il, le gibier qui court dans la forêt ou le poisson qui nage dans la rivière, de quel droit les arbres, les fleurs, les fleurs aux parf... »

Il n'acheva pas le mot et demeura comme pétrifié, la bouche ouverte, le bras étendu, l'œil rond et dilaté.

Ses convives, ébahis, suivirent la direction de son regard... Là-bas, au fond du jardin, à travers les barreaux de la grille, une main passait, une main d'enfant, qui s'efforçait de saisir une magnifique « Gloire de Dijon » qui, imprudemment, fleurissait trop près de la clôture.

— Nom de Dieu ! grommela Bourgeot qui était revenu de sa stupeur, ça, c'est trop fort !

Et, renversant sa chaise, il courut à la porte, suivi incontinent du critique et du bas bleu, de l'avocat, des Ponchart-Lévy et d'Arriviste, tous fortement intéressés.

Ils y arrivèrent pour voir Bourgeot attraper, sur le chemin, un gamin de quinze ans qui se délectait à respirer la superbe « Gloire de Dijon ».

L'apôtre se jette sur l'enfant, le saisit, puis le prend aux oreilles et aux cheveux, rugissant des mots terribles : « Voleur ! sale voleur ! canaille !... Ah ! crapule ! je vais t'apprendre à cueillir mes roses ! *mes roses !* entends-tu, voleur !... »

Et il le secouait si rudement qu'il fallut le lui arracher. Et le pauvre était dans un triste état, tout saignant...

Alors, Bourgeot rugit d'autres mots :

« Garde champêtre!... procès-verbal!... prison!... »

Et le garde champêtre vint... Et l'enfant fut traîné, abruti de peur, à la mairie...

Or, tandis qu'on rentrait, dans le silence gêné des invités, Bourgeot eut un dernier grondement :

— Non! mais, me voyez-vous dépenser vingt mille francs de plants et de boutures, pour le nez des vauriens qui gueusent sur la route!...

LE HENNISSEMENT

Les saumons bossus filaient entre deux eaux, énormes, mettant parfois, à la surface, une lueur d'argent, un scintillement... C'était un cri de joie quand l'un de nous, penché à l'avant du canot à vapeur, le harpon en main, réussissait à fourcher et à amener à bord un de ces monstres. Simple passe-temps sportif, car la chair du saumon bossu empoisonne...

Au petit jour, j'étais parti de Vancouver, avec mon domestique, le fidèle Hart, un gaillard qui m'avait accompagné dans maintes excursions et qui était, je crois, aussi enragé chasseur que moi-même. Le canot à vapeur nous transportait armes et bagages de l'autre côté de la baie, à l'Ouest. De cette rive nous

devions atteindre, après une demi-journée de marche, un ranch de quelques cabanes fondé par des émigrants, excellent centre de chasse où nous devions établir notre campement.

La baie de Vancouver nous environnait. Baie ou lac?... Des montagnes boisées fermaient la vue de tous côtés, et, par places, de grandes roches rougeâtres, envahies de verdures, émergeaient de l'eau, formaient d'innombrables îlots.

Des bras de mer (puisque c'est la mer), s'enfonçaient entre les roches boisées, formant d'étroites rivières aux brusques détours ; fabuleux serpents argentés sortis de l'eau et rampant. Descendant des montagnes, des cascades venaient, entre des pins géants, s'éperler dans la baie ; de petites taches blanches luisaient sur l'autre rive : les villages indiens.

Cette baie, accessible aux plus grands navires du monde, a l'air d'un lac. On se demande par où sont venus ces steamers qui jettent l'ancre dans ses eaux, et le regard cherche inutilement l'issue, la parcelle de ligne bleue indiquant l'horizon infini de la mer.

Nous entrons dans un de ces bras sans nombre qui s'insinuent dans les terres. Bien qu'il soit large de trois cents mètres, l'eau est calme et limpide. Continuellement des canards s'envolent d'une rive à l'autre, passant presque toujours à portée de fusil.

La rivière se resserre de plus en plus. En muraille de granit, une colline descend dans l'eau, une colline qui a sur son faîte, pareil à un nid de vautour, un village indien. Les vautours attirent les aigles, semble-t-il, car en voilà plusieurs qui planent au-dessus des cases.

Les rives se rapprochent tellement que la rivière n'est plus qu'un tout petit cours d'eau, bientôt un ruisseau, et le bateau échoue doucement sur la grève, une grève délicieuse faite de minuscules cailloux sur lesquels passe, avec un murmure plein de regrets sans doute, un filet d'eau venant de la forêt, un filet d'eau qui se perd, là, dans la somptuosité de l'océan Pacifique...

Des gens nous attendent : les habitants de l'endroit où nous allons établir notre campement. Ils sont presque tous de la même famille. Le chef est un grand vieillard à barbe blanche, dont la physionomie heureuse a la parfaite noblesse de ceux qui vivent sainement dans la grande nature.

On charge notre matériel sur des mulets, et, une heure plus tard, nous nous mettons en marche en file indienne, guidés par un chasseur métis. Nous nous enfonçons dans un sentier presque impraticable, un sentier taillé dans une fougère haute de deux mètres. On entre jusqu'à mi-jambe dans un enchevêtrement de mousses, de plantes et d'herbes ; une appréhension saisit, tellement on devine un invisible grouillement dans ce fouillis verdâtre, visqueux, dans cette humidité profonde qu'un rayon de soleil ne perce jamais.

Nous allons, et le vieillard me raconte sa vie... Son père, ancien jockey de steeple-chase, était mort des suites d'une chute. Sa mère, femme énergique, avait réuni ses économies et suivi ses beaux-frères qui émigraient. O'Deel était son nom. Ils débarquèrent à Vancouver. Il y avait de cela quarante ans ; et je pus juger que, les beaux-frères ayant pris femme, au milieu de cette nature géante, de cette flore et de cette faune, ainsi que dans la Walkyrie, le « flot fécondant de la sève fit jaillir des gerbes... d'enfants ».

Le ranch où nous nous rendons porte son nom : c'est le ranch O'Deel. Les colons qui l'habitent, une trentaine, « sont tous des O'Deel, m'affirme le vieux avec orgueil, des O'Deel descendants de mon oncle et de moi. Même ce métis qui nous conduit est fils d'un mien neveu qui colonisa avec une indienne ».

Et il éclata de rire en me donnant une grosse tape, car nous étions déjà très amis.

Les mulets et les bâts ne trouvent point passage, il fallait, par instants, s'arrêter; alors, on élaguait, et c'était plaisir de voir les O'Deel manier la hache avec une incroyable adresse, des haches montées sur des cognées longues d'un mètre et demi, et dont ils se servaient aussi pour se défendre. Presque tous sont bûcherons, à la solde du gouvernement anglais pour le compte duquel ils tracent de nouvelles sentes. Le métier, très dur, est lucratif, mais dangereux et fatigant : le jour il faut s'enfouir dans une végétation touffue et mouillée ; le soir, quand le campement est trop éloigné, il faut coucher dans une cabane de branchages, et il y a, en plus, les serpents, et la visite des ours, et celle des maraudeurs indiens, et blancs quelquefois...

Ainsi, nous parvenons au ranch...

Depuis cinq jours que nous y sommes, nous n'avons qu'à nous louer de l'hospitalité des ranchmen. Excellents chasseurs, ils nous servent de rabatteurs et de guides. Ils sont aux petits soins pour nous. Les dames O'Deel ont poussé la gentillesse jusqu'à bien vouloir se joindre à nous, le soir. Après le repas, vers huit heures, tout le monde se réunit sous un grand hangar, on allume des braseros aux quatre coins pour combattre la fraîcheur de la nuit de septembre, et ce sont des rires, des jeux et même des danses, et rien n'est curieux comme le coup d'œil de cette assemblée, où les têtes expressives s'éclairent à la Rembrandt. Quand on a bien crié, chanté, dansé, on se sépare vers dix heures, dans toutes les directions des ombres glissent, des lumières furtives étoilent les fenêtres des cabanes, et bientôt le silence se fait, profond.

Or, c'est à ce moment précis que deux jours avant, alors que nous nous étendions sur nos peaux et nos couvertures, nous entendîmes retentir dans l'air calme un hennissement prolongé, bientôt suivi de plusieurs autres.

— Qu'est-ce que cela? fis-je à Hart.

— Un cheval, sûrement, monsieur.

— Tu sais bien qu'il n'y a pas de chevaux dans le ranch, ni aux alentours.

— Alors, un échappé, sans doute, de quelque ranch éloigné, et qu'on a recueilli.

— Probablement... Voilà qui est curieux tout de même... Mais, pourquoi, ayant un cheval, les O'Deel le cacheraient-ils si soigneusement ?

Le lendemain soir, vers la même heure, le même hennissement retentit. Ce cheval hennissant à heure fixe m'intriguait.

Consulté par moi, Hart, qui avait de l'imagination, opinait pour une histoire d'amour : un cavalier d'un ranch voisin courtisant une demoiselle O'Deel. La chose était plausible. Cependant, fis-je remarquer, un rude casse-cou, ce cavalier, pour s'aventurer, la nuit et à cheval, dans le « bush » !... L'aventure était même impossible... Il y avait évidemment un mystère là-dessous, à n'en pas douter. J'en étais certain... Et puis, n'est-ce pas délicieux de teinter de mystère les choses que nous ne pouvons expliquer...

Le lendemain matin, nous allions chasser de l'autre côté d'un lac, enfoui dans le bush, à quelques milles du ranch, et des Indiens devaient nous traverser dans leurs pirogues.

Je profitai de l'instant du départ, alors que nous étions avec plusieurs O'Deel, pour demander, tout haut, au vénérable patriarche, comment il expliquait ces hennissements, incompréhensibles pour moi.

Il se troubla, jeta un regard d'intelligence aux siens, et me répondit évasivement. Je n'insistai pas. C'était le mystère dans toute sa saveur.

Nous ne rentrâmes au ranch que le soir du jour suivant, vers les sept heures, harassés, trempés, mais glorieux : nous avions tué un cerf et deux daims. Malgré ma courbature, j'étais décidé, sitôt rentré, à éclaircir immédiatement cette histoire, à connaître enfin ce cheval fantôme qui venait hennir dans la nuit au milieu du silence et de la profondeur de la forêt vierge.

Sitôt le repas, nous nous retirâmes avant l'heure habituelle, prétextant les fatigues de la journée. Vers neuf heures, le ranch était endormi. Seules, quelques lumières filtraient des cabanes. L'heure du hennissement approchait. Nous laissâmes nos carabines, nous ne prîmes que nos revolvers et nos bowknifes, à tout hasard. Nous sortîmes silencieusement, franchîmes les barrières qui entouraient le ranch et grimpâmes, sans bruit, la colline qui s'élevait derrière notre cabane, la colline d'où le hennissement avait paru venir la dernière fois.

Ce n'était, certes, chose commode que de gravir la nuit dans le bush ; et, si la lune, magnifiquement métallique, ne nous fût venue en aide, nous eussions rebroussé chemin.

Hart m'appela à voix basse pour me montrer un sentier frayé dans l'éclaircie des branches et le tassement des herbes. Nous le suivîmes. Il était très capricieux et faisait maints détours. Nous allions. Soudainement nous nous arrêtâmes : devant nous, dans la forêt, une lueur scintillait. Une seconde d'observation, et nous quittions le sentier et rampions vers la lueur. Quelques dizaines de mètres de cette gymnastique et, après un mouvement de terrain, brusquement sous les rayons lunaires, une cabane nous apparut.

Le mystère prenait corps.

Nous nous accroupîmes, retenant notre souffle, contemplant un attrayant spectacle. Assis sur un banc appuyé à la cabane, un homme et une femme causaient. Le bruit des voix parvenait jusqu'à nous. L'homme, un gaillard superbe qui portait les cheveux longs, était un des fils O'Deel. La femme, qui était à ses côtés, n'était autre qu'une de nos plus gentilles compagnes de nos soirées aux braseros.

Pourquoi habitent-ils cette cabane éloignée, dissimulée dans le bush, la seule qui soit hors l'enceinte du ranch ?

— C'est eux qui ont un cheval, murmura Hart.

— Impossible!... à moins qu'il ne loge avec eux.

Et par la porte ouverte, nous distinguions la seule et unique pièce de la cabane où une lumière brillaitt, qui éclairait le lit et les autres meubles.

— Le cheval est peut-être lâché dans l'enclos, reprit Hart.

C'était probable.

Nous restions à l'affût observant le couple. La jeune femme riait, et ce que lui chuchotait son mari devait être très attirant, car elle se blottit gentiment contre lui. A ce geste, l'homme se leva brusquement et entraîna sa compagne dans la cabane... Nous vîmes leurs ombres enlacées près du lit, nous entendîmes un bruit de baiser, et distinguâmes des choses... qu'il est absolument inutile de rapporter, — agréables exercices avant lesquels il est absolument utile de s'assurer qu'il n'y a, à épier, ni yeux, ni oreilles, précaution aussi bonne à prendre dans une grande ville que dans le mystère et la profondeur d'une forêt du Nouveau-Monde.

J'achevais cette réflexion, qu'un hennissement terrible déchirait l'air. J'entrevis la figure effarée de Hart. Instinctivement, comme sous la menace d'un péril, je tirai doucement mon revolver...

Mon geste ne s'acheva pas, car la stupéfaction me paralysa.

Sur le seuil de la porte, O'Deel, en bannière, paraissait, les jambes musclées et nues, puis descendait la marche, puis se mettait à gratter le sol de ses pieds, faisant des courbettes, secouant ses cheveux comme un étalon sa crinière, redressant la tête et se mettant, soudainement, à hennir triomphalement dans la nuit.

A cet instant, la fenêtre s'ouvrit toute grande, et la jeune femme, les cheveux épars, demi-nue elle aussi, la jeune femme se pencha, le regarda, et, avec un sourire un peu triste, lui dit :

— Allons, voyons, mon grand fou... voyons... c'est assez, tu vas attraper froid... viens te recoucher... viens, mon grand...

Il lança un ou deux coups de pied en arrière, hennit plus doucement, renâcla l'air frais, puis, docile, rentra.

Presque tout de suite après, nous vîmes l'étalon refermer très tranquillement la fenêtre.

Vancouver, septembre 1892.

TABLE

Imp. Paul Dupont, 144, rue Montmartre (Cl.)

www.ingramcontent.com/pod-product-compliance
Lightning Source LLC
LaVergne TN
LVHW020029170826
845678LV00001B/181

* 9 7 8 2 3 2 9 7 5 5 2 3 6 *